JN111817

泣き虫アーニャは二度ベルを鳴らす

吉岡　勝
YOSHIOKA Masaru

文芸社

〈解説〉ベトナム戦争を知っていますか？

半世紀ほど前に、「べ平連」（「ベトナムに平和を！　市民連合」）という市民運動のグループがありました（一九六五～一九七四年）。「ベトナムに平和を！」を合言葉にして、運動に参加した人たちや団体のことを「べ平連」と呼んだのです。日本の各地に、「○○べ平連」と名乗るグループがたくさんできました。

きっかけは、アメリカのジョンソン政権が北ベトナムを本格的に爆撃した事件（一九六五年）でした。当時のベトナムは南北に分裂していて、北を支援する国々、南を応援する国々と、さまざまでしたが、日本は日米安保条約を結んでいるアメリカに同調する方針をとったのです。

この戦争で米軍が化学兵器として大量に散布した枯葉剤は、ダイオキシン類を高い濃度で含む毒性が強いものでした。ベトナムの生態系や人々の健康は大きな影響を受け、死産と身体に異常のある子どもの出産があいつぎました。ベト君とドク君は腰から上と脚は二人ですが、おなかは一人の結合双生児として生まれました。

神奈川県相模原市には東洋一といわれる在日米軍の総合補給廠があります。ベトナムの戦場で使われ、壊れた戦車をここで修理し、再び、ベトナムに送り返していました。

ところが一九七二年八月五日、横浜ノースピア前の村雨橋でベトナムへ向かう戦車がおおぜいの社会党員、労組員によって止められるという事態が起きました。ベトナム反戦運動の盛り上がりのあらわれで、戦車は相模補給廠に引き返さざるをえなくなりました。そして補給廠に一〇〇日あまり、閉じ込められることになったのです。

補給廠の西門前の市道にはグリーンベルトがあり、ベトナムへの戦車輸送（ゆそう）に反対する人たちやグループが市の内外から、各地からやってきて、そこにテントを張りました。デモ行進があり、演説（えんぜつ）があり、討論（とうろん）があり、おおぜいの住民が集まってきました。連日連夜のように集会がひらかれ、ベトナム戦争反対の意思を表しました。しかし、しばしば機動隊に妨害（ぼうがい）され、権力（けんりょく）というものの実態を知ることにもなりました。

ロシアのウクライナ軍事侵攻（しんこう）。どちらを支援するか、世界が分断（ぶんだん）されています。先が見えないありさまです。半世紀前の戦車輸送阻止（そし）の運動を思わずにはいられません。

二〇二三年四月　　山口幸夫（元「ただの市民が戦車を止める」会）

泣き虫アーニャは二度ベルを鳴らす

ぱらぱらと雨のふる朝でした。

ここは神奈川県相模原市というところです。

そこには電車の線路にそって、ずっと金あみが張られていました。

（いったいなんだろう……）

女の子は首をかしげながら、片手にかさを、もう片方の手に食パンの耳が入ったビニール袋を持って歩いていきます。

金あみには、「ＷＡＲＮＩＮＧ（警告）」とか、「Ｕ．Ｓ．Ａｒｍｙ Ａｒｅａ（アメリカ軍基地）」の標識があります。

（アメリカの基地がなぜ日本にあるの？）

金色の長い髪、お人形のように大きく丸い目、かわいらしい顔をしているのに、なぜかその子は悲しそうです。うつむいて今にも泣きだしてしまいそうです。どうしてでしょう？

その子の名前は、アーニャ。

ウクライナという国で生まれ育ちましたが、今ウクライナはロシアと戦争になってしまったため、日本に一人で避難してきたのでした。

お母さんはウクライナの民族楽器、『バンドゥーラ』の有名な演奏者でしたので、日本にいる音楽の知り合いが、アーニャとお母さんのユリアさんを呼びよせようとしました……。

本当はお母さんといっしょでしたが、ポーランドという国に逃げるとちゅうで、お母さんとははなればなれになってしまいました。こわい思いをたくさんして、

今、アーニャの心はとてもきずついていました。

ちょっとしたことで涙が出てきてしまい止まらなくなるのです。

お母さんのことや、ふるさとウクライナのことが胸の中にあふれてきてしまい、自分ではどうしようもなくなってしまうこともあります。

キーン！　という大きな音が辺りにひびきました。

「キャッ！」

アーニャはかさとビニール袋をほうりだし、耳をおさえてすわりこんでしまいます。

アーニャのはるか上の空をアメリカ軍の戦闘機が飛んでいきます。

そのための音だったのです。

（どうして？　日本は平和な国じゃなかったの……）

アーニャの頭の中に、リュック一つを持ってポーランドに逃げるとちゅうで見た、焼ける家や、爆弾で道に大きく空いた穴、こわれた戦車、死んでしまったウクライナの兵士、足を失った犬、転がったままいつ爆発するかわからない不発弾。ロシア兵に暴力をふるわれ、洋服も心もずたずたになってしまった女の人。いろんなことがよみがえってきてしまい、アーニャの涙はまた止まらなくなってしまいました。

「お母さん……だれか……助けて……」

雨の中に消えてしまいそうなほどに、かすかなささやきでした。

そこへ一人の男の子がやってきました。新倉勉くんという子でした。

「あ……」

勉くんは、

（どうしたの？　……おなかがいたいの？）

と聞きたかったのですが、うまく言葉が出てきてくれません。

アーニャが泣くばかりなので、勉くんはどうしていいかわかりません。

（こまったな……ねえ、ぬれちゃうよ……かぜひくよ……）

とアーニャに伝えたいのですが、それができず、足をばたばたさせます。

しかたなく、勉くんは自分がぬれるのも気にせず、アーニャにかさを差しかけるのでした。そして周りを見回します。

「！」

そこへかさをさした女の人が一人、こちらに歩いてきます。

アーニャと同じ金色の髪をして、アメリカの人でしょうか？

神奈川県は沖縄に次いでアメリカ軍の施設(しせつ)が多いので、その関係者も多いのです。勉くんは、女の子を助けたいという気持ちで、勇気をふりしぼって女の人に声をかけてみることにしました。

「あ……」

「どうかしましたか？」

U.S. A
在日米軍基
許可無き者
立ち入り禁

その人は日本語が話せるようでした。

「あ……」

女の人はすべてを理解してくれたようで、アーニャの横にいっしょになってすわり、声をかけたり背中をなでたりして、アーニャを落ち着かせてくれました。

「良かった。少し落ち着いてきたみたいよ……」

勉くんは、ぺこりと頭をさげます。

女の人は、自分も勉くんのかさの下に入っていることに気がついて、はっとし、勉くんを見つめます。

「あなたはやさしい子ね。ずっとそばにいてくれて」

勉くんは顔を赤くして、首をふります。

「なかなかできないわよ。だまって行ってしまう人のほうが多いんだから。……あのね、この子はウクライナという国から来たの、わかる？」

「あ……」

「今、戦争が起こっているのは知っている?」

「あ……」

「それで、たくさん悲しいことを見てきて……わかるかな?」

勉くんは、またぺこりとうなずきます。

「そう。どこか休めるところがあればいいのだけれど」

女の人の言葉に勉くんは目をかがやかせます。そして言いました。

「ぼ……」

勉くんは、自分を、そして自分の家の方を指で指します。

「近くに住んでいるのね」

勉くんはうなずきます。

それを聞いて女の人はほっとした顔になり、ほほ笑(え)むのでした。

そして、アーニャと二言三言話をすると、勉くんを見て、こう言いました。

「この子の名前ね、……アーニャ・キンスキーちゃんよ」

勉くんはほほ笑み、うなずきます。

アーニャが落ち着きだして、ようやく顔を上げ、初めて勉くんを見ました。

そんなアーニャに勉くんはほほ笑みながら自分を指さし言いました。

「ア、ア、ア……アイ、アイ……・ア、……アム……・ツトム……ニイ、……クラ……」

それを聞いてアーニャもほほ笑みます。

そして、自分を指さして、

「アーニャ……」

とつぶやきました。

これが勉くんとアーニャの出会いでした。

勉くんの家はすぐ近くにありました。

家には、お母さんと、認知症(にんちしょう)という病気になってしまったおじいさんがいました。

女の人は、勉くんの家までいっしょに来てくれて、お母さんに事情を話してくれました。お母さんは喜んでアーニャが休んでいくことを承知(しょうち)してくれました。

ちょうどテレビではミュージカル映画(えいが)が流れているところでした。今日の映画は、「レ・ミゼラブル」。お母さんは、勉くんとアーニャをおじいさんの横にすわらせると、

「ちょっといっしょに観(み)ててね。お昼ごはんのしたくするから」

と台所に行きます。

アーニャはこの映画を観たことがあるのか、ミュージカルが好きなのか、すわ

ったとたんに、おじいさんと身を乗りだすようにして観ています。

勉くんは、そんなアーニャにほほ笑みます。

「勉、飲み物を取りにきて」

台所からお母さんの声がします。

勉くんは立ち上がり、台所に行きました。


「アーニャちゃん、落ち着いた?」

勉くんはうなずきます。

「映画観てる?」

「あ……」

お母さんは三人分のりんごジュースを用意してくれました。

それを見て、勉くんの目がかがやきます。

「りんごジュースよ。大好きでしょ。三人でいっしょにね……そして」

とお母さんは、アーニャが持っていたあのパンの耳を油であげて、砂糖とシナモンをふりかけたものを、お皿に山もりにしてみせます。

「いい？　名付けて、『アーニャのほっぺをおっことせ大作戦』、いくわよ」

とお母さんが言い終わらないうちに、きれいな歌声が聞こえてきました。

「アーニャちゃん……？」

二人は行ってみることにしました。

すると、アーニャはおじいさんの手をにぎりしめて、この映画の中でもとくに有名な歌「民衆の歌」を歌っているのでした。

アーニャは歌詞を変えて歌っているらしく、しきりに「ウクライナ」という言葉が出てきます。

おじいさんは目を丸くしてそんなアーニャを見つめていましたが、しだいに顔の表情がほぐれてきて、歌がもり上がるにつれて、手をたたいたり、アーニャといっしょに大笑いを始めるのでした。

「お父さん……あんな顔して……笑ってる……人間が理解し合うのに、言葉はいらないみたいよ」

とはお母さんの言葉でした。


「いい天気よ。勉、アーちゃんとおじいちゃん連れて散歩に行ってきたら」

庭で洗(せん)たく物を干(ほ)しているお母さんの声がしました。

今日も、アーニャは勉くんの家に遊びに来ていました。

もう勉くんのうちではアーニャはすっかり「アーちゃん」になっていました。

アーニャが来れば勉くんはうれしい、アーニャが歌えばおじいちゃんが喜ぶ、おじいちゃんが笑えばお母さんが喜び、晩(ばん)ごはんはごちそうになります。家の中には笑いが満ちていました。そしてアーニャも、毎晩のようにここでごはんを食べ、勉くんやお母さんと遊んだり、ミュージカルを観たりして、あまりうつむくこともなくなり、いっぱい笑顔を見せてくれるようになっていました。

勉くんは、テーブルの上に指を乗せ、散歩をするまねをアーニャに見せると、アーニャは、すんなりと散歩にさんせいしてくれました。


おじいちゃんを車いすに乗せて外に出ます。勉くんは公園に行こうかと思っていましたが、アーニャはあの米軍基地が気になるようで、どうしてもそっちに行く気のようでした。

ずっと続く金あみにそって歩きます。

「WARNING（警告）」、「U．S．Army Area（アメリカ軍基地）」の標識にアーニャの顔がくもります。

「ホワイ（なぜ？）……ホワイ（なぜ？）……ホワイ　ジャパニーズ！（なぜ、日本人！）」

（もう戦争はずっと昔に終わっているんでしょ）

おじいちゃんと手をつなぎながら、アーニャの質問攻めが始まります。

アーニャの聞きたいことはわかりましたが、でも、勉くんにはうまく説明ができません。

（戦争は、まだ続いているんだよ、アーニャ……）

勉くんのこまった顔を見て、アーニャもだまってしまいます。

気まずい空気が流れます。

勉くんはアーニャにあやまりたくて、

「あ……」

自分の胸を指さします。

「わかってる。あやまるのはわたしのほうよ」

アーニャは、勉くんにほほ笑んでみせます。

そこへ、またアメリカ軍の戦闘機が飛んできました。

アーニャは耳をふさいでしゃがみこんでしまいます。

「ビース！」

アーニャがウクライナ語でさけびます。後で知ったのですが、これは「悪魔（あくま）」

という意味だそうです。

アーニャは泣きながら立ち上がり、さけびます。

「ホワイ　ジャパニーズ！（なぜ日本人！）　なんで、こんなことをゆるしてい
るの？　勉、なぜ？　昔、日本にも戦争があったことを知っています。あなたの
おじいさんやおばあさんが、わたしたちのようにつらい目にあったことも知って
います。なぜ？　日本人は人を殺すのがすきなのですか？　……もう、あんなつ

らいことは、わたしたちだけでたくさんです。日本の人はあんな目にあってはいけません。こんな戦争を始めたプーチンを、わたしはゆるせません。でも、その前に戦争自体がゆるせない！」

ウクライナ語なので、そのさけびは勉くんにはわかりませんが、泣いているアーニャの顔を見て、おじいちゃんの顔がこわい顔になっていってしまいました。

それに気がついた勉くんはあわてます。

「あ、あ……」

アーニャも気がついておじいちゃんの手をにぎりますが、おじいちゃんは体をぶるぶるふるわせてしまいます。

そしておじいちゃんは立ち上がり、さけぶのでした。

「中国、アジア、朝鮮（ちょうせん）、ベトナム、中東、イスラエル、アフガニスタン……今度はどこだ！　ウクライナか！」

アーニャの耳にも「ウクライナ」という言葉がとどきました。

「やめろ！　石を投げるな！　そんなことをしたって戦車は止まらないぞ！　お前たちにもお母さんやお父さんがいるんだろう。そんなことはもうやめろ！　さぁっ、こっちに来ていっしょにすわろう！　力じゃない！　すわって戦車を止めるんだ！　手をつなごう。すわるんだ！　すわれば見物人じゃない！　運動員だ！　仲間だ！　いっしょに戦車を止めるんだ！　暴力に暴力で対抗しても、何も生まれはしないぞ！　今、つらくてもここで戦車を止められたら、きっと今日とはちがう明日が来るはずだ！」

　そして、おじいちゃんは泣きながら、歌いはじめました。

　少し昔、ここ相模原で起こったある出来事の際、集まった人たちの間で歌われた『友よ』（作詞・作曲　岡林信康）という歌でした。

友よ
夜明け前の闇(やみ)の中で
友よ
戦いの炎(ほのお)をもやせ
夜明けは近い
夜明けは近い
友よ
この闇の向こうには
友よ
輝(かがや)く明日(あした)がある
友よ

勉くんは、アーニャの肩をたたき、自分の家の方を指さします。

（お母さんを呼んできてくれ！）

「わかった！」

アーニャにも伝わったようです。アーニャは走っていきました。

そしておじいちゃんは泣きながら、車いすにくずれ落ちていくのでした。


お母さんがかけつけ、おじいちゃんを病院に運びました。

アーニャは自分のせいだと、ずっと泣いています。

精密検査が行われ、「おじいちゃんはだいじょうぶ」とお医者さんは言いました。

お母さんは、アーニャを抱きしめます。

「アーニャ……ノープロブレム（心配ない）……わかる？ ……グランドファー

ザー　ノープロブレム（おじいちゃんは心配いらない）……アーニャは悪くない……アーニャはいい子……」

そこへ、あの雨の日に通りかかったあの女の人が、ろうかを歩いてくるのが見えました。胸に花束を抱えています。

「アーニャちゃん、どうしたの？」

その声にアーニャは顔を上げ、お母さんの胸を飛びだし、その人の胸に飛びこんでいきました。そしてアーニャの口からは、マシンガンのようにものすごいいきおいで、英語のさけび声が流れだし、止まらなくなりました。

女の人は、ルーシー・ハミルトンさんと言いました。

ご主人やお兄さんや弟さんが基地で働いているのでした。

ルーシーさんも交えて、みんなでおじいさんを見守ります。

「昔、父もここで働いていました……そう、おじいさんとは敵同士ですね」

その言葉に、お母さんと勉くんははっとなります。

ルーシーさんはうなずきます。

「父は昔、戦車闘争があったころ、あの基地の責任者の一人でした」

「せんしゃ……」

アーニャが首をかしげます。

ルーシーさんが言います。

「タンク（戦車）」

「タンク？」

アーニャがそう言いながら、ますます首をかしげます。

ルーシーさんが英語で答えます。

「昔、ベトナム戦争が起こっていたころ、あそこでアメリカ軍の戦車を修理して、また再びベトナムに送ろうとしたことがあったのです。それをおじいさんや基地の周りに住む人たちが反対して、大きな社会問題になったことがありました。その運動は高く評価され、今も『戦車闘争』という名前で人々の間に語りつがれてきました……」

アーニャは真剣な顔でそれを聞いていました。アーニャの口から、

「アメリカ……ベトナム……タンク（戦車）……ワー（戦争）」

という言葉がもれてきます。

「教えてください……その話聞きたい……」

アーニャが言います。

お母さんも、

「ウクライナで戦争が始まってから、父はテレビの前からはなれなくなりました。きっと思いだしていたんですね……。でも、私はそんな父が悲しくて……ニュー

スを消して……この子の好きなミュージカル映画をむりやり父の前で流していたんです……」

アーニャにうながされて、ルーシーさんはお母さんの言葉を英語に直してあげます。

それを聞いて、アーニャはあらためて勉くんを見つめます。

ルーシーさんはさらに言います。

「あの運動が起こったころのことはよく覚えています。父が真っ赤な顔をして、ものすごく怒って家に帰ってきたからです」

「なぜ？」

アーニャが不思議そうな顔でたずねました。

「あの村雨事件が起きた１９７２年５月から……それまで父はとてもおとなしい人のはずでしたが、急に人が変わったようになりました……。村雨橋から帰ってきた父は、私たちにこう言いました。日本人がわれわれを交通違反だと訴えて、戦車を止めてしまった。世界の警察を自認するわれわれに違反キップを切りおった、と……。それを聞いた兄は笑いました。きっと戦車の運転手が免許証を家に忘れて持っていなかったんだろうと……。父はさらに怒りましたが、私たちは大笑いでした……」

「む、ら、さ、め……」

アーニャはますますわからなくなってきた顔をしています。

「ウクライナの戦争を経験したあなたに話してあげましょう……昔、ベトナムという国をめぐって戦争があったことを……。でも、今は、この花束をおじいさんにあげましょう。早く良くなりますようにと、あなたからあげなさい」

と、ルーシーさんは花束をアーニャにあずけました。

アーニャはうなずいて、おじいさんの顔の横に置きました。

「でもその花束は……」

お母さんが言います。

ルーシーさんはうなずきます。

「本当は父に持ってきたのですが……もうその必要がなくなってしまって……」

「まあ……」

とお母さんは口をおさえ、頭を下げます。

「良き父親でしたが……あなたがたから見たら……」

お母さんはルーシーさんのその言葉に首をふります。

「戦争は人を変えてしまいます……。私たちは、戦争はにくみますが……人はにくみません……。父の首や手足には、機動隊からつけられたきずが残っていますが……一度も父からそれをうらみに思うような言葉は聞いたことがありません」

ルーシーさんがうなずきます。

「あの運動に火に油をそそぐように、大きくしたのも、こじらせたのも、父やアメリカ軍の責任です。日本人の気持ちを無視して、白昼どうどうと、おおいかくそうともせずに、むきだしのまま戦車を横浜へ運ぼうとしたのですから。声高らかに、これからベトナム人を殺しにいきますと、ごうまんなたいどで走らせたのですから。それを力ではなく、ちゃんと法律にのっとって闘おうとしたおじいさんや、みなさんはすばらしいです」

みんなはしばらくだまっておじいさんを見守っていました。

数日後、おじいさんは病院を退院しました。

そこでおじいさんの退院のお祝いをしようと、アーニャやルーシーさんを招いて、みんなで食事をし、食事の後には「戦車闘争」の勉強会もすることになりました。

食事が済むと、おじいさんが持っていた資料やルーシーさんが持ってきてくれた資料がよせられて、それを中心にみんながテーブルを囲みました。

資料はたくさんありました。新聞記事、写真、本などです。

とくに写真はみんなの目を引きました。道路上に何台もの戦車が立ち往生させられているのです。しかもその前には何人もの人が旗を持ち、すわりこんでいるのです。

「これ、8月の話ですよね。暑かったでしょうね。下、アスファルトでしょ」

お母さんがうなります。

ルーシーさんの説明に、アーニャが目を丸くします。

「ファンタスティック（すばらしい！）……マジック！（手品のようだ！）……グレート！（すごい！）……ワンダフル・ジャパニーズ！」

アーニャは今にもおどりだしそうでしたが、ルーシーさんが止めます。

「この運動のすごいところは、私たち日本人は力づくで戦車を止めようとしているわけではない。あなたがたアメリカ人に日本の法律（ほうりつ）にしたがうことを求めているだけだ。この重い戦車を、この大きな走行車に乗せたまま、この先の小さな村雨橋をわたるのは不可能（ふかのう）だ。そのくらいのこと、あなたがたアメリカ人にもわかるはずだ。と言って、相模原に帰ることを求めたの」

アーニャがうなずきます。

「この力にたよらない平和なやりかたは、ずっと最後まで続いた。だからこの運動が今も人々の間に語りつがれているのよ。戦争の道具の戦車相手に、武器を持たずに市民が闘ったと」

アーニャの目がますます丸くなります。

「そして、この戦車どうしたの？」

「もちろん、相模原の基地に帰ったわ」

軍用道路にするな!!
日本から
戦車を送るな!
反対

アーニャはそれを聞いて飛び上がり、勉くんに抱きつきました。

「グレート　ジャパニーズ！」

勉くんはキスをされたほほをかゆそうな顔でこするのでした。


ルーシーさん、アーニャ、勉くんの三人は、今日は横浜に来ていました。

横浜市神奈川区、横浜線東神奈川駅です。ここには、実際に戦車を止めた場所、小さな名所「村雨橋」がありました。

それは本当に短い小さな橋でした。上を高速道路が通っています。

アーニャが後ろをふりかえります。

「あれ？　勉がいない……」

「あら、ほんとう……どこ行ったのかしら……」

二人が辺りを見回していると、おくれて勉くんが駅の方から走ってきました。

「なにしてるの？」

勉くんは手にしていた紙の束をあわててかばんにしまいます。

「あやしい……」

勉くんは笑ってごまかします。

「私も、初めて来た。……ここで……戦車が止められたのね……」

ルーシーさんがつぶやきます。

アーニャの目にあの新聞写真がよみがえります。

当時の人たちの目はかがやいていました。戦車を止められた喜びと平和を、自由を求めて闘う自分たちへのほこりに満ちていました。

アーニャはルーシーさんをふりかえり、

「この、むらさめって……どういう意味ですか？」

「雨よ。レイン（雨）。それも、とつぜんのはげしい雨。日本人は季節の変化を愛しているの。雨や風、雲にも、季節によってちがう名前をつけた。それを歌にした」

「うた……」

「俳句や短歌」

「ハイク……？」

アーニャが歩くまねをします。

「ちょっとちがう。きっとだれか有名な人が、ここで俳句をよんだのかもしれない。村雨や……ってね……ねえ、勉くん」

「あ……」

「あなたも一句よんでみる？　美女二人に囲まれた、ゆうがな旅のうたを」

ほほ笑むルーシーさんに勉くんは照れた顔を見せました。

三人は相模原にもどり、第2の運動の舞台となった基地の西門前にやってきました。駅前からずっと続く並木道をルーシーさんはふりかえります。

「戦車を止めたことは新聞などで大きく報道されて、たくさんの人の注目を集めました。そして、ここからずっと先まで、反対運動をする人たちのテントがならぶようになったの……写真にもあったわね」

ルーシーさんの言葉にアーニャはうなずきます。

「ええ。悲しいですね。同じ人間なのに、同じ日本人なのに……戦車を止める人がいれば、どうあってもベトナムへ運ぼうとする人もいる」

アーニャの耳に当時の人たちの言い争う声、ふみ鳴らす足音、物音、悲鳴、警笛がひびいてきました。それがウクライナの音と重なります。空を行くミサイルや戦闘機の音、戦車の走行音、人々の悲鳴、ビルや家がたおれる音、マシンガンの連射音、爆発音と重なり、たえられずにアーニャは耳をふさいでしまいます。

反対!!
U.S.ARMY
SUPPLY & MAINT ACTIVITY
SAGAMI
戦車は

その肩を、ルーシーさんはやさしく抱いてくれました。

「そうね……戦争はつらいわね……あなたたちもかつては、ソビエトという同じ国の人間だったのにね。どうして殺し合いなどするのかしらね」

ルーシーさんの胸に抱かれたアーニャに、勉くんは今そこで見つけたたんぽぽの花をどうやって渡したらいいのかこまるのでした。ルーシーさんは、そんな勉くんにも気がついて、笑顔で抱きよせるのでした。

家に帰り、戦車闘争の写真や、おじいさんが集めたベトナム戦争の写真を眺めて涙するアーニャ。お母さんが気がついて、アーニャを抱きしめます。

「アーニャ……」

「ママ……」

そんな二人の前に、勉くんはたくさんの紙の束を置きます。

それは勉くんが東神奈川へ行ったときに見つけた、旅行会社が店先に置いていたウクライナへの旅行ガイドでした。

「ウワアオ！」

アーニャが頭をかかえてさけびます。

その声にお母さんも旅行ガイドをのぞきこみます。

アーニャはウクライナの見所一つ一つに声を上げながら、お母さんにも見せます。

首都キエフ駅、黄金の屋根を持つペチェルースカ大修道院、ソフィア大聖堂、かつて城の街だったキエフの象徴である黄金の門、かつてロシア皇帝ニコライ1世が戦争反対を訴える学生たちへの戒めとして、血を思いだせと壁を赤くしたキエフ大学、オデッサの町なみ、映画「戦艦ポチョムキン」の舞台となったことで有名になり、本当はリシュリューという名前のはずがいつの間にか、映画のまま

「ポチョムキンの階段」とよばれるようになった階段など、たくさんの名所がならんでいます。

そして、アーニャがお母さんに、「ここを見て！」と、勉くんには見えないようにして見せたのが、日本でも有名な、「愛のトンネル」という場所でした。

えんえんと続く線路、それを包むように緑が囲んでいます。

かつては鉄道の路線でしたが、今は観光名所。それでも観光客のためにときどき汽車を走らせているというところで、ここをおとずれた恋人たちはかならず結ばれるという、光と影の幻想的な場所です。

「キャ！」

大喜びする二人に、不思議な顔で首をひねる勉くんでした。

アーニャが、また今日も勉くんの家に遊びにきました。

でも、今日はようすが変です。またあの暗い顔をした女の子にもどってしまっています。どうしたのでしょうか？　いつものように二度ベルを鳴らします。

家の中から、勉くんやお母さんの返事がありません。

かぎは開いていました。アーニャは家の中に入ります。

「ママ……勉……」

呼んでみますが、だれもいないようです。

おじいちゃんの部屋に入ってみます。おじいちゃんはねむっていました。

「グランパ（おじいちゃん）……」

その声におじいちゃんが目を覚まし、ほほ笑んでくれます。

「アイラブ ユー グランパ（だいすきよ、おじいちゃん）……」

そう言うアーニャの声が泣き声に変わっていきます。

でもおじいちゃんはまたねむってしまい、そのわけを聞いてはくれません。

「日本のね……わたしをおうえんしてくれる人たちが言うの……」

涙といっしょに、今にも消えそうな英語の声が部屋の中に流れます。

「もうママのことはあきらめたほうがいいんじゃないかって……ぜんぜん連絡(れんらく)がとれないんだって……ひどい……ちがう……そうじゃない……怒(おこ)っているんじゃないの……みんなよくしてくれる……がんばってくれてる……でも、わたし、あきらめたくはないの……」


アーニャは勉くんの部屋に入ります。

本だなには、本といっしょにいろんなＤＶＤがならんでいます。亡(な)くなったお父さんの物を勉くんがゆずり受けたのだそうです。

ずっと見ていくその中に、大好きな「王様と私」を見つけました。「雨に唄(うた)えば」もあります。

「オー……『シャルウィダンス』……『口笛をふいて』……『雨に唄えば』……勉、知ってる？　……わたしね……ポーランドに着くまでの間、ずっとこの『口笛をふいて』と『雨に唄えば』を歌っていたんだよ……。どうしていないの、勉……会いたいのに……いろんなこと話したいのに……なぜ、口をきいてくれないの……」

アーニャは勉くんの部屋を出て、居間に入ります。おし入れを開けると、そこには戦車闘争やベトナム戦争の資料が入ったダンボール箱があります。中を開けると、二つの出来事の写真が山のように出てきます。

相模原の基地の中を走行テストする戦車、それを見守る市民たち。

横浜、村雨橋前にずらりとならんだ戦車の列。

西門前にできたテント村、そしてすわりこみの開放区。

旗がふられ、シュプレヒコールを上げる人たち。
集まったすわりこみの人たちをどけようとする機動隊。
西門から、ずらりとならんだ機動隊に守られて戦車が基地を出ていく。
横浜港でベトナム行きを待つ戦車の列。

一方、ベトナムでは、
ダナンの港に上陸するアメリカ兵たち。
戦車の前をアオザイに身を包んだ女性が通る。
「コブラ」という名前のついた攻撃(こうげき)用ヘリコプター。
爆弾を落としていくB－52爆撃機(ばくげきき)。
泣いている子どもを抱きしめるおばあさん。
そして、停戦(ていせん)を告(つ)げるニクソン大統領の記者会見。

戦車にふみにじられるアメリカ大使館。

ボロ船で祖国を捨(す)てていく人々。

涙が止まらないアーニャをおそう、爆撃音、軍靴(ぐんか)の足音、悲鳴、戦闘機の飛行音、マシンガンの連射音。

たまらず部屋を出ていくアーニャ。

そこへ、帰ってくる勉くん。

「どこに行っていたのよ!」

「あ……」

と勉くんは、あわてて袋からシュークリームを二つ取りだし、笑顔でアーニャに差しだします。

しかしアーニャはそれを取り上げ、玄関(げんかん)にたたきつけてしまうのでした。

つぶれるシュークリーム。

「あ……」

「なによ！……けっきょく戦車は止められなかったじゃないの……戦争は終わらない……いつまでも続くのよ……わたしのママも……あなたのおじいちゃんも……わたしも、あなたも、あなたのママも……みんな死ぬのよ……」

泣きながら、アーニャは飛びだしていくのでした。

後に残った勉くんは、つぶれてしまったシュークリームをにぎりしめて、

「アー……ニャ……」

とつぶやくのでした。

そんなことがあってから、一か月近くがすぎ、アーニャは勉くんの家には来なくなってしまいました。

気持ちのいい風のふく、ある日のことです。お母さんがいつものように洗たく物を干(ほ)していると、玄関のベルが二度鳴りました。

「えっ！　アーニャ！　なの？」

お母さんはあわてます。

「待って！　アーニャ！　今、行くから」


出てみると、そこには金色の髪をした女の人がつえをたよりに立っていました。

「どなたさまですか？」

「私……ユリア・キンスキーと申します……いつも娘(むすめ)が……」

「えっ……もしかして……」

「はい。アーニャの母です」

「まあ。それは……よくご無事で」

「はい。ポーランドに逃げるとちゅうで、大きなやけどをしてしまい……動けなくなって、アーニャとはなれてしまい……」

と、つえを置き、足をめくってひどいやけどのあとを見せてくれました。

アーニャのお母さん、ユリアさんはとてもきれいな人でした。少しですが日本語も話せるということでした。

「アーニャちゃんは元気にしていますか?」

「元気は元気ですが……こちらに来るのをいやがって……」

お母さんはうなずきます。

「自分であやまりにいきなさいと言うのですが……とても、お子さんの顔を見られないと……私が代わって……」

「時間が解決(かいけつ)してくれますよ。お国のウクライナに帰られるわけじゃ……」

「それはちがいます」

「なら……」

「今度、日本の人たちが私たち親子のために、パーティーを開いてくれますので……ぜひ来ていただけないかと……」

「ありがとうございます」

「今日、勉くんは？」

「今、学校に……」

「そうですね。そんな時間ですね」

「いえ……わけがあるんです」

「？」

「私たち親子は少し前、福島というところに住んでいたことがあって……」

「ふくしま……もしかして……」

「はい。東日本大震災、原子力発電所のあるところです」

「神様！」

「主人もあの地震で失いました……あの子も、福島から来たということで、学校でひどいいじめをうけてしまい、言葉が……」

「神様！　私たちもチェルノブイリをかかえています。わかります」

あの大事故を起こしたチェルノブイリ原子力発電所は、今もウクライナにあるのです。

「でも、勉が最近言うんです、強くなると。大好きなアーニャちゃんを守りたいから強くなると……きのうも、まだいじめは続いているみたいで、洋服を真っ黒にして帰ってきて……」

お母さんは、目をおさえます。

「わかりました。ひきずってでも、あのがんこ者をつれてきます」

お母さんは笑います。ユリアさんもつられて笑います。

二人は抱き合い、うなずきました。

「では、今度のウクライナのゆうべには？」

「ぜひ。ひきずってでもつれていきます」

ユリアさんとアーニャを元気にするための『ウクライナのゆうべ』というパーティーの日がやってきました。

ユリアさんも、アーニャも、きれいなドレスに身を包んでいます。

集まった人たちのために、ウクライナの郷土料理がたくさんテーブルにならびました。そして二人は、集まってくれた人たちのために、ウクライナの楽器『バンドゥーラ』でウクライナ民謡や日本の歌を演奏してみせました。

「愛のロマンス」。映画「禁じられた遊び」のテーマ曲で、とても有名な美しい曲です。ウクライナで生まれた曲とも言われています。

「百万本のバラ」「ふるさと」「口笛をふいて」「雨に唄えば」と曲は続きます。

ユリアさんは、バンドゥーラをそばに置き、つえをたよりに立ち上がりました。

「永遠に続く戦争など無いと信じたいです。『サウンド・オブ・ミュージック』という映画はみなさんにたいへん愛されています。映画の舞台になった、当時のナチスと闘うオーストリアに深い愛をこめて歌われたこの歌を、今を闘うウクライナと重ね合わせて贈ります。『エーデルワイス』という曲です。どうか、みなさんも、歌ってください。ウクライナに、いえ、世界中に争いのない平和な世界が来ることを願って」

歌うユリアさん。バンドゥーラはアーニャが。

エーデルワイス
エーデルワイス

合唱の輪はひろがります。

朝にはいつもあいさつしてくれる
小さく白く　澄(す)んでかがやくその姿(すがた)

会場中に声がひびきます。
泣いている人もいます。
くちびるをかみしめている人もいます。
こぶしをにぎり、ふるえる人がいます。

天井を見上げて、涙をこらえようとする人もいます。

しあわせそうな笑みをわすれずに
雪ほども白く　咲きほこっておくれ
いついつまでも
エーデルワイス
エーデルワイス

曲のとちゅうで、アーニャは勉くんとお母さんが会場に来てくれたのを見ました。
曲が終わると、お母さんと交代です。アーニャがマイクの前に立ちました。
「いよいよ最後の曲となりました。でも一言いいですか。日本に避難できてよかったです。おじいちゃんができました……戦車とたたかったおじいちゃんは、グレイトです。お母さんもできました……日本のお母さんは、パンの耳しか食べられないときでも、幸せになれる魔法を教えてくれました……大好きです、ママ……」

勉くんがふしぎな顔をしてお母さんを見ていました。

「あっち向いてなさいよ」

「あ……」

「目にゴミが入っただけよ」

「わたしには夢があります。

この世界から戦争がなくなって、みんながしあわせになることを希望します。

わたしには夢があります。
世界中の人が、肌の色や宗教や、考え方のちがいを認め合うことを希望します。

わたしには夢があります。
すべての子どもにおなかいっぱいのごはんと、自分の夢に向かうチャンスが与えられることを希望します。

わたしには夢があります。
この世界からいじめや差別がなくなることを希望します。

そして、もう一つわたしにはとても大きな夢があります。
あそこにいるわたしの大好きな人が、わたしとラストダンスをおどってくれることを希望します。でも、これは世界でだれも実現できない、一番むずかしいお願いかもしれません。ゼレンスキーでも、バラク・オバマでも、おしゃかさまでも、イエス・キリストでも、戦車とたたかった日本のおじいちゃんでも、あのがんこな孫には歯がたたないでしょう」

会場にわれるような笑いと、歓声(かんせい)と拍手(はくしゅ)の嵐(あらし)がおこりました。

見れば、お母さんがしらん顔して口笛をふきながら、真っ赤な顔をしている勉くんをちょこちょこと腰(こし)で少しずつ前におしだしているようです。

「ほら」

「あ……」

「いいから」

「あ……」

「さっさと、行きなさいよ」

「あ……」

「早く」

「あ……」


フロアの真ん中で待っているアーニャのもとに、勉くんがみんなの拍手に包まれて歩いてきます。口笛や歓声も聞こえます。

勉くんはアーニャのドレスを指さします。

「わたし、きれい？」

「あ……」

「ありがとう……勉……もう一言ほしい……」

「あ……シャル……シャル……ウイ……ウイ……ダンス？」

アーニャはうなずいて手を差しだします。

勉くんがその手を取り、ダンスが始まります。演奏と歌はユリアさんです。
曲目は、映画「王様と私」から「シャル・ウィ・ダンス？」です。

私たちは知り合ったばかりで
顔見知りではないのだけれど
でもなぜかあなたにひかれて

そしてダンスの輪は広がります。
黒人も、白人も、黄色人も、大人も、子どもも、お年よりも、片腕（かたうで）の無い人も、片足の無い人も、両手の無い人も、両足の無い人も、目の見えない人も、耳の聞こえない人も、車いすの人も、つえの人も、手話の人も、泣いている人も、笑っている人も、怒っている人も、コックさんも、ウエイトレスさんも、警備員（けいびいん）さんも、楽団の人も、そうじのおばさんも、バスの運転手さんも、通りがかりの会社員も、買い物帰りのおばちゃんも、サングラスのこわい顔したお兄さんも……。

そしてアーニャは、胸の赤いバラを抜いて、勉くんの胸に差そうとして、首をひねりました。

「？」

勉くんが何かつぶやいたのです。

「言ってよ。わたしはその一言をずっと待っていたのよ。女の子をじらしちゃだめよ……うれしいその一言を言って……」

そして、顔をよせ耳をすますと、

「村雨や……今夜は……お月さんも……かくれんぼ……」

と勉くんの声が聞こえました。

まるで大きな野生動物のような声でアーニャはさけぶのでした。
「ホワイ、ジャパニーズ！」

おどりましょうか？
音楽という雲にのり
舞い上がりましょうか？
シャル・ウィ・ダンス？
シャル・ウィ・ダンス？
シャル・ウィ・ダンス？

夜がふけるまでダンスは続きました。

朝が来て、勉くんは二度鳴らされた玄関ベルに目を覚まします。

お母さんの声がします。

「勉！　アーちゃんよ！　起きなさい！」

「あ……」

「早くしなさい。学校におくれるわよ。今日からいっしょに学校でしょ」

そうです。勉くんとアーニャは今日から、いじめや、そのほかいろいろな事情から学校に行けなくなってしまった子どもたちが通う「フリースクール」という学校に通うことになったのでした。

勉くんは着がえながら思います。ゆうべアーニャはよくねむれたろうか？　と。

またこわい夢を見て、一晩中ねむれずに、また泣きながら玄関のベルをおしたのではないだろうか？　と。

いや、お母さんと会えたし、元気になったし、もう泣かないにちがいない。

きっと今日も元気いっぱいで、楽しい一日になりそうだ。
いじめも平気だ。アーニャがいっしょなら。おじいちゃんが戦車とたたかった
ように、ぼくもたたかうんだ。

おわり

〈あとがき〉 若い人たちへ

私の父は少年兵として召集を受けました。静岡県で砲兵となるべく訓練を受けているうちに敗戦となりました。生前、父はよく私に戦争や軍隊の話をしてくれました。子どもの私にはつまらなくて、「なぜ？」と思ったものです。

でも、今はわかります。父にはそんな話がすべてだったのです。本来なら、勉強したり、女の子を好きになったり、友だちと遊んだり、ケンカをしたりしていたのが、すべて戦争に持っていかれてしまったのですから。

戦車闘争は映画で知りました。私の住む神奈川県は、沖縄に次いでアメリカの軍事施設が多い場所です。私はこの事実をもっと多くの人に伝えたいと思い、この本を考えました。

ところが、このウクライナ軍事侵攻です。最初は絵本にするつもりが長編になってしまいました。戦争がこんな簡単に身近にせまってくるとは思いませんでしたから。連日、テレビや新聞、雑誌は伝えていますが、後のことを考えてはいません。私には父や、父が集めた書籍や記事、ベトナムを舞台にしたアメリカ映画、または古い日本映画で描かれた戦争の場面から得た知識も免疫もあります。でも若い人、とくにお子さんには免疫はありません。大丈夫でしょうか?

あいつは嫌いだから殺していいだろう。

遊ぶお金がないからあいつから奪おう。

あいつとは意見が合わないから仲間はずれにしよう。

そんな簡単なことではないのです。だから、相模原の人たちはこんなにも一生懸命に戦車を止めようとしたのです。わかりますか?　人を愛するということはとてもめんどうで、大変なことです。でもそれをしないと人間は生きる資格を失います。ただの動物になってしまいます。あなたたちは、この広く楽な道を行きますか？　それとも大変だけれど、価値のあるこの細い道を行きますか？　行き先には、遠くに小さな明かりしか見えていませんが、どの道を進むのか、よく考えてみてください。明かりの先にあるのは、あなたたちの未来なのですから。

二〇二三年五月、ウクライナのゼレンスキー大統領が来日されました。ロシアに侵略され、核の脅威におびえるウクライナを代表して、かつて原子爆弾という暴力によって無人の野と化した経験をもつ広島から、世界に向けて平和のメッセージを発信されました。その様子を見て、いろいろな意見があると思います。当然です。いろいろな立場がありますから。でも平和を願う気持ちは理解してください。ウクライナも、やがて戦争が終われば、きっとまた広島のように復活することでしょう。

花を捧げ、記念撮影のためにふり向いた大統領の後ろには記念碑が、永遠に消えることのない献火が、そして原爆ドームが陽炎のように揺れていました。私は、このことを忘れてはいけないと思います。

最後に、本書を出版するにあたり、相模原地方自治研究センター様には、大変お世話になりました。貴重な資料をお貸しいただいたうえ、巻頭の一文まで執筆していただきました。あらためて、ここに御礼申し上げます。また、同センターでは、戦車闘争をより広く皆さまに知らしめるために、漫画『西門であいましょう』を出版されました。もっと深く「戦車闘争」を知りたいという方にはとてもおすすめです。よろしかったら、ご一読願います。

二〇二三年

吉岡　勝

参考文献

〈戦車闘争について〉

●丹治栄三著『戦車闘争をふりかえる』（第3回子どもに伝えたい平和のための戦争展実行委員会発行）

●「反基地闘争の前進のために」　反安保神奈川県民実行委員会 編

●「戦車の前に座り込め」「ただの市民が戦車を止める」会編

●「相模原　第13号」（二〇〇八年相模原地方自治研究センター発行）

●「相模原市史　現代通史編」（二〇一一年相模原市発行）

●「相模原市史　現代テーマ編」（二〇一四年相模原市発行）

●「相模原における戦車闘争の意義と継承」（二〇二二年相模原地方自治研究センター発行）

●西尾顕爾著『(に)の字記者のスクラップ・ブック――相模原・津久井の四半世紀』（一九九二年相模原市書店共同組合）

●「基地白書」（一九七〇年相模原市発行）
●「続・基地白書」（一九七四年相模原市発行）
●にしおけんじ文、やまだひろみ絵『戦車は止まった　市民の力―１９７２年相模原の１００日』（二〇〇二年アゴラさがみはら出版）
●飛鳥田一雄著『飛鳥田一雄回想録　生々流転』（一九八七年朝日新聞社）
●河津勝著『わが人生』（ぎょうせい）
●映画「戦車闘争」パンフレット（マーメイドフィルム編集・発行）

〈ベトナム戦争について〉

●神田文人著『昭和史年表　大正12年9月1日〜昭和60年12月31日 年表で綴る昭和60年のあゆみ』（一九八七年小学館）
●石川文洋著『ベトナム戦争と平和』（二〇〇五年岩波書店）
●石川文洋著・写真『報道カメラマンの課外授業　３　ベトナム・未来へ語り継ぐ戦争』（二〇一八年童心社）

●石川文洋著『戦争と人間　フォトドキュメント・ベトナム』（一九八九年創和出版）
●松岡完著『ベトナム戦争　誤算と誤解の戦場』（二〇〇一年中央公論新社）
●三野正洋著『わかりやすいベトナム戦争　アメリカを揺るがせた15年戦争の全貌』（二〇一九年潮書房光人新社）
●上田信著『【図解】ベトナム戦争』（二〇一九年新紀元社）
●スチュアート・マレー著、赤尾秀子訳『写真が語るベトナム戦争』（二〇〇六年あすなろ書房）
●白石光著『図解でわかる戦車のすべて』（二〇二〇年ワンパブリッシング）

〈ウクライナについて〉

●「地球の歩き方　ロシア ベラルーシ ウクライナ モルドヴァ コーカサスの国々 2020～2021」（二〇二〇年ダイヤモンド社）
●黒川祐次著『物語 ウクライナの歴史　ヨーロッパ最後の大国』（二〇〇二年中

央公論新社）
●エマニュエル・トッド著、大野舞訳『第三次世界大戦はもう始まっている』（二〇二二年文藝春秋）
●アレクサンドラ・グージョン著、鳥取絹子訳『ウクライナ現代史』（二〇二二年河出書房新社）
●中井和夫著『ウクライナ語入門』（一九九一年大学書林）

（取材協力）
●厚木市中央図書館
●相模原地方自治研究センター
●「ただの市民が戦車を止める」会

著者プロフィール
吉岡 勝（よしおか まさる）
1963年、神奈川県に生まれる。
日大芸術学部映画学科卒業後、映画配給会社に勤務し、介護職を経て、現在はフリー。
【著書】
『たんぽぽと太陽』（2020年 文芸社）
『ほほ笑みのメリーゴーランド』（2021年 文芸社）
『北風の郵便屋さん』（2022年 文芸社）
『泣き虫山』（2022年 文芸社）
『アマツバメ　ルウの冒険』（2023年 文芸社）
『おばあちゃんにもらった七色のクレヨン　吉岡勝童話集』（2023年 文芸社）

カバー・本文イラスト／坂道 なつ

泣き虫アーニャは二度ベルを鳴らす

2023年12月15日　初版第1刷発行

著　者　吉岡 勝
発行者　瓜谷 綱延
発行所　株式会社文芸社
〒160-0022 東京都新宿区新宿1－10－1
電話 03-5369-3060（代表）
03-5369-2299（販売）

印刷所　株式会社暁印刷

ISBN978-4-286-24165-4　JASRAC 出 2307004－301